ACCOUCHEMENT

DE THAMAR,

DISSERTATION

LUE A L'ACADÉMIE DE LYON, DANS SA SÉANCE

DU 6 DÉCEMBRE 1845,

PAR F. IMBERT,

L'UN DE SES MEMBRES.

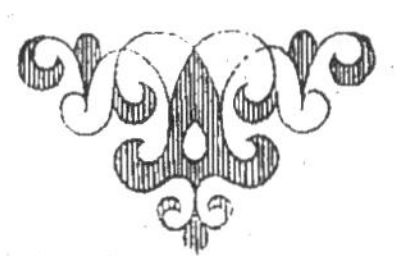

LYON.

IMPRIMERIE DE LÉON BOITEL,

QUAI SAINT-ANTOINE, 36.

1846.

ACCOUCHEMENT
DE THAMAR.

ACCOUCHEMENT

DE THAMAR,

DISSERTATION

LUE A L'ACADÉMIE DE LYON, DANS SA SÉANCE

DU 6 DÉCEMBRE 1845,

PAR F. IMBERT,

L'UN DE SES MEMBRES.

LYON.

IMPRIMERIE DE LÉON BOITEL,

QUAI SAINT-ANTOINE, 36.

1846.

L'ACCOUCHEMENT DE THAMAR

PAR

LE DOCTEUR F. IMBERT.

L'histoire de Thamar, sa liaison incestueuse avec Juda, son accouchement, les enfants qui en résultèrent forment un épisode intéressant de la Genèse. Tout cela a été longuement et savamment commenté; on a étudié ce passage sous le rapport religieux, sous le rapport de la morale, sous le rapport de l'histoire. Il semble que sur la lettre il ne reste pas plus à dire que sur l'esprit. J'ai cru pourtant qu'on pouvait glaner encore dans ce champ si soigneusement moissonné. Il est un point qui a échappé jusqu'ici aux commentateurs : c'est la partie chirurgicale de cette relation. Les historiens de la médecine : Leclerc (1), Barchusen (2),

(1) *Histoire de la médecine.*
(2) *Historia medicinæ.*

Schultz (1), Sprengel (2), Eloy (3), Dezeimeris (4), Dujardin (5) ne l'ont pas mentionné. Les historiens spéciaux : Beverovicius (6), Guillaume Ader (7), Mead (8) n'en ont rien dit. Il n'en est fait mention ni dans l'ouvrage de Ginzburger (9), ni dans celui de Siméon Lindiger (10), ni dans la dissertation de David de Carcassonne (11). Thomas Bartholin (12) et Sue (13), qui ont fait des travaux pleins d'érudition sur les accouchements des anciens ne disent rien de celui de Thamar. Cependant il est décrit dans l'Ancien Testament avec des détails très circonstanciés, et il m'a semblé qu'avec un peu d'attention on pouvait y retrouver l'état des connaissances des Hébreux sur cette branche de la chirurgie, et reconstituer, du moins en par-

(1) *Compendium historiæ medicinæ.*

(2) *Histoire pragmatique de la médecine et Histoire de la chirurgie,* par le même.

(3) *Dictionnaire historique de la médecine, etc.*

(4) *Dictionnaire historique de la médecine.*

(5) *Histoire de la chirurgie.*

(6) *Idæa medicinæ veterum.*

(7) *Enarrationes de ægrotis et morbis in Evangelio.*

(8) *Medica sacra.*

(9) *Medicina ex thalmudicis.*

(10) *De hæbreorum veterum arte medica.*

(11) *Essai historique sur la médecine des Hébreux.*

(12) *Antiquitatum veteris puerpuerii Synopsis.* — Voy. du même auteur : *De Morbis biblicis.* Gaspard Bertholin a publié une dissertation intitulée : *De puerpuerio veterum expositio.* Ouvrage entrepris par son père, qui avait perdu le sien dans l'incendie de sa bibliothèque.

(13) *Essais historiques, littéraires et critiques sur les accouchements.*

tie, la science de l'accoucheur, telle qu'elle était
dans ces temps reculés.

La Bible est à peu près la seule source authentique
où nous puissions puiser. C'est aussi là, que nous
puiserons tout ce que nous avons à dire sur ce sujet. La première question qui se présente est donc de
déterminer quelle foi méritent les livres saints en
matière d'accouchement. La Bible n'est pas un ouvrage de médecine, et ses auteurs n'étaient pas mé-
decins. Mais Moïse, surtout, avait cet ensemble
de connaissances qu'on ne retrouve plus aujour-
d'hui ; il en est de la culture des sciences comme
de la culture du sol. A une époque où la terre
était mal cultivée, où on en exigeait peu, où le
revenu était faible, il y avait de grands domaines,
et peu d'hommes possédaient. Pour accroître le
produit, pour perfectionner l'agriculture, il a fallu
diviser ces propriétés et augmenter le nombre des
propriétaires. Ainsi, dans l'ordre intellectuel, tant
que les différentes branches de nos connaissances
ont été peu étendues, le même homme a pu les
posséder toutes. Mais quand elles se sont agran-
dies, on a dû les partager ; chacune a été cultivée
isolément et a suffi à l'activité d'un seul homme.
Voilà pourquoi les ouvrages de Moïse, d'Homère,
de Virgile sont des répertoires, où l'on peut retrouver à peu près toutes les connaissances de leur

temps. Il y avait alors des têtes encyclopédiques, il ne peut plus y en avoir de nos jours.

D'après cela, nous ne serons pas étonnés de trouver dans la Bible ce qu'on savait alors sur les accouchements. Moïse était médecin (1), comme il était naturaliste, comme il était physicien, comme il était astronome, comme il était poète. Mais aussi nous ne devons pas nous attendre à cette précision, à cette exactitude qui sont le caractère de la science de nos jours.

Et d'abord, y avait-il chez les Hébreux des personnes chargées spécialement de secourir les femmes pendant leurs couches? Les peuples primitifs ont rarement recours à la médecine; la laxité de leurs tissus et l'inertie de leur système nerveux rendent le travail de l'enfantement facile, comme de nos jours la rigidité de la fibre et notre sensibilité exquise le rendent pénible et douloureux. La mollesse physique est en rapport avec la mollesse morale. Notre langue n'a qu'un mot pour exprimer l'une et l'autre, comme la nature n'a qu'un moyen pour les produire. C'est chez ces peuples qu'il est vrai de dire que l'accouchement est une fonction et non une maladie. Chez nos femmes civilisées, ce serait une amère dérision, si ce n'était pas une fâcheuse erreur.

(1) S. Clément d'Alexandrie, *Stromate*, lib. 6.

Souvent donc les femmes accouchaient seules. Quand le Pharaon reproche aux accoucheuses de ne pas sacrifier les enfants mâles, comme il le leur a ordonné, elles répondent que les femmes des Hébreux ne sont pas comme les Egyptiennes, qu'elles se délivrent comme les bêtes et sans les faire appeler (1). Ce fut ainsi qu'accoucha Jocabel, mère de Moïse. Sa délivrance fut si prompte que personne n'en fut prévenu, et qu'elle put facilement soustraire son fils à toutes les recherches (2), car ce ne fut que trois mois après qu'elle se décida à l'exposer sur le Nil, dans une corbeille de jonc (3).

Souvent aussi les femmes s'aidaient mutuellement. L'épouse de Phinées, fils d'Héli, grand prêtre des Hébreux, était entourée de femmes *(mulieres)* lorsqu'elle mourut d'un avortement causé par la nouvelle de la mort de son mari, de son beau-père et de la perte de l'arche (4).

Mais il y avait des sages-femmes *(obstetrices)*. Rachel en avait une dans le malheureux accouchement de Benjamin auquel elle succomba (5). Thamar était assistée par une accoucheuse dont je me

(1) *Exode*, I, 19.
(2) Flavius Joseph. *Antiquit.* lib. II, cap. V.
(3) *Exode*, II, 3.
(4) *Regum*, lib. I, IV, 19.
(5) *Genèse*, XXXV, 17.

propose de vous parler tout à l'heure (1). Enfin, dans l'*Exode*, on cite le nom de celles à qui le Pharaon donna l'ordre de faire périr tous les enfants mâles, et qui eurent le courage de lui désobéir. Elles se nommaient Phua et Séphora (2). Les commentateurs ont fait remarquer avec raison qu'il n'est pas possible qu'il n'y eût que ces deux sages-femmes, qu'elles n'auraient pu suffire pour secourir toutes les femmes grosses et pour faire périr tous les enfants mâles; qu'elles ne sont nommées, dans l'*Exode*, que parce qu'elles étaient plus connues ou les représentantes de leurs corporations (3). Josèphe prétend à la vérité qu'elles étaient Egyptiennes, mais il n'en conclut pas qu'il n'y avait pas de sages-femmes chez les Israélites; au contraire, il dit que le roi s'adressa à elles, parce qu'il ne pouvait s'en rapporter pour une telle mission à celles des Hébreux (4).

Si donc il y avait des sages-femmes, il y avait un art des accouchements. Sans doute ce n'était pas une science avec tous ses principes et toutes leurs déductions logiques. Mais il est impossible de ne pas admettre qu'il y avait quelques traditions, quelque enseignement pratique; que la mère com-

----

(1) *Genèse*, XXXVIII.
(2) *Exode*, I, 15.
(3) Voy. Valable. *Cornelius a lapide*.
(4) Lib. II, c. 5.

muniquait ce qu'elle savait à sa fille, etc.; surtout
pendant et après la captivité en Egypte, où, comme
on sait, les professions étaient héréditaires.

Ce sont ces traditions, ces opinions reçues, ces
usages établis que nous retrouvons dans les livres
saints. Nous y trouvons des lois relatives aux ma-
riages, des restrictions nombreuses apportées à
l'union des sexes, et ces restrictions sont fondées
sur des notions de physiologie que la science mo-
derne n'a fait que confirmer. Nous y voyons la fé-
condité du peuple juif, l'horreur qu'il avait pour
la stérilité, et les remèdes qu'il employait pour la
combattre (1). Le moyen dont Jacob se sert pour
changer la couleur des agneaux de son beau-père
serait peut-être à examiner de nouveau, au lieu de
le tourner en ridicule (2). Les cas rares y sont no-
tés; Sara devient grosse à quatre-vingt-dix ans (3),
et ce fait n'est pas sans analogue dans l'histoire de
l'art (4). Les soins qu'exige la femme enceinte,
ceux qui sont relatifs aux suites des couches, à
la purification, sont l'objet d'ordonnances formel-
les (5). On y voit que lorsque les douleurs deve-
naient fortes, la femme s'asseyait sur une espèce

(1) *Genèse*, XXX, 14.
(2) *Genèse*, XXX, 37 et suivants.
(3) *Genèse*, XVII, 17.
(4) Schurigius. *Embryologie*, pag. 596. *De vetulis parientibus.*
(5) *Lévitique*, XII.

de siége (1), usage qui s'est conservé en Allemagne, probablement par les Juifs qui y sont nombreux. On pourrait aussi induire de quelques passages, que la femme en travail se plaçait sur les genoux de son mari ou d'une autre personne. *Ut pariat super genua mea*, dit Rachel dans la *Genèse* (2). *Nati sunt in genibus Joseph* (3), lit-on ailleurs à propos des enfants de ce patriarche. Les commentateurs ont dit qu'il y avait là une figure. Vatable a traduit : *Ut accipiam puerum in gremio meo*. Tout cela est vrai, mais un sens figuré suppose un sens littéral ; sans cela, il serait inintelligible. Que signifierait la formule, *je vous embrasse*, par laquelle on termine une lettre à un ami, si l'usage n'était pas de s'embrasser en signe d'amitié. Je dis de même que ces mots : *nati sunt in genibus Joseph* n'auraient point de sens, si l'usage n'avait pas été d'accoucher sur les genoux de quelqu'un (4).

On a prétendu aussi que la femme dans ce moment était seulement repliée sur elle-même, et restait accroupie, et on ajoute que cette position est encore celle que prennent toutes les femmes en Orient. On cite à l'appui de cette opinion ce verset du qua-

(1) *Exode*, I, 16.

(2) *Genèse*, XXX, 3.

(3) *Genèse*, L, 23.

(4) Heister dit que c'est ainsi que les femmes accouchent chez les paysans de l'Allemagne.

trième livre des *Rois : incurvavit se et peperit* (1).
Ce qui, à mon avis, veut dire seulement que la
belle-fille d'Héli, terrassée par la fâcheuse nouvelle
qu'elle recevait, ne put plus se soutenir sur ses
membres, s'affaissa sur elle-même et accoucha.

Lorsque l'enfant était né, on coupait le cordon,
mais il n'est pas question de sa ligature. Il est
même probable qu'on ne le liait pas, car on ne pra-
tiquait la circoncision que huit jours après la naissance, vraisemblablement pour ne pas exciter des
cris qui auraient pu déterminer une hémorragie.
On lavait tout le corps du nouveau-né avec de
l'eau salée, et on l'enveloppait dans des langes (2),
sa mère l'allaitait, ou il était confié à une nour-
rice.

Quant aux connaissances relatives à la parturition, à son mécanisme, aux soins qu'elle réclame,
nous les trouverons implicitement énoncées dans
l'accouchement de Thamar. C'est ce que je me
propose de vous démontrer dans ce travail.

Citons d'abord le passage de la Genèse : *Instante
autem partu, apparuerunt gemini in utero ; atque
in ipsa effusione infantium, unus protulit manum
in qua obstetrix ligavit coccinum, dicens : iste egredietur prior. Illo vero retrahente manum, egres-*

(1) I, IV, 19.
(2) *Ezéchiel*, XVI, 4.

sus est alter, dixitque mulier : quare divisa est propter te maceria ? Et ob hanc causam vocavit nomen ejus Phares. Postea egressus est frater ejus in cujus manu erat coccinum, quem appellavit Zara (1).

« Et comme elle fut sur le point d'accoucher, voici que deux jumeaux étaient dans son ventre. Et dans le temps qu'elle enfantait, l'un d'eux donna la main, et la sage-femme la prit et lia sur la main un fil d'écarlate, en disant : celui-ci sortira le premier ; mais comme il eut retiré sa main, voici que son frère sortit, et elle dit : Quelle ouverture t'es-tu faite? L'ouverture soit sur toi, et on le nomma Pharès; ensuite son frère sortit, ayant sur sa main le fil d'écarlate, et on le nomma Zara. »

Cette narration commence par un point de diagnostic assez difficile. Dès les premières douleurs, l'accoucheuse reconnaît qu'il y a deux enfants dans l'utérus. On donne pour signe de ces grossesses doubles : le volume du ventre, sa forme bilobée. Le toucher abdominal peut faire reconnaître deux fœtus et leur situation. Les mouvements sont forts et tumultueux. Ils étaient tels dans la grossesse de Rébecca que l'on put croire que les deux enfants se battaient dans le sein de leur mère, et que l'on y vit le présage des guerres acharnées que se fe-

______

(1) Genèse, XXXVIII, 27, 28, 29, 30.

raient les deux nations dont ils devaient être la souche (1). Le ballottement est plus obscur que dans une grossesse simple. Malgré ces caractères, Désormeaux s'y est trompé, et beaucoup d'autres praticiens avec lui. Cependant, avec l'expérience et de l'attention, on peut éviter cette erreur. C'est ce qui arriva pour Thamar. Peut-être dira-t-on qu'il n'y a pas eu là de diagnostic, que c'est l'évènement qui a montré la présence de deux enfants. Le mot *apparuerunt* de la Vulgate ne signifie pas qu'ils furent reconnus, et la traduction littérale dit : *erant. Ecce gemini erant in utero ejus.* Ces mots peuvent, en effet, laisser quelques doutes sur ce point; mais la suite les explique et rend le sens parfaitement clair. La sage-femme avait si bien reconnu qu'il y avait deux enfants que, voyant l'un d'eux présenter le bras, elle le saisit, y attacha un ruban rouge, et dit : voilà l'aîné. Ainsi le diagnostic était bien établi avant l'accouchement, on savait qu'il y avait deux enfants avant qu'ils fussent sortis du sein de leur mère. C'est, du reste, ce que dit formellement la Genèse : *Instante autem partu, apparuerunt gemini in utero.*

Le second point noté par l'auteur sacré, c'est la présentation. Elle est, en effet, remarquable : l'un des jumeaux présente un bras : *in ipsa effusione*

____
(1) *Genèse*, XXV, 22, 23.

infantium , unus protulit manum. Mais il arrive que l'autre descend en même temps, probablement par la tête ; le bras remonte un peu , et c'est l'enfant qui a paru le second qui sort le premier : *illo vero retrahente manum , egressus est alter.* Moïse décrit ici les phénomènes naturels de l'accouchement. Tout s'opère par les seuls efforts de la nature, la sage-femme ne fait rien , elle se borne à mettre un cordon rouge sur la main qui est sortie : *in qua obstetrix ligavit coccinum.*

Il y a beaucoup de science dans cette expectation ; en effet, la sortie d'un bras peut avoir lieu dans deux circonstances tout à fait différentes : ou bien l'enfant est placé en travers, le bras qui sort fait un angle droit avec le tronc ; ou bien l'enfant présente la tête, le bras est relevé, placé sur ses côtés et descend avec elle. Dans le premier cas, l'accouchement est impossible. Le fœtus dans l'utérus est replié sur lui-même, de manière à représenter un ovoïde ; il ne peut en sortir qu'autant qu'une des extrémités de cet ovoïde s'engage dans le canal pelvien. S'il s'y présente par son grand diamètre, tout retard est inutile ou dangereux ; il faut changer cette position vicieuse, il faut faire la version. Dans le second cas, la sortie du bras ne change rien à l'accouchement ; elle le retarde un peu chez les primipares , mais cette circonstance ne l'empêche pas de se terminer naturellement. Il est donc bien important de distinguer ces deux états, puisque dans l'un il n'y a rien à faire, tandis que dans l'autre il est indispensable de pratiquer une opération souvent difficile et dangereuse. La sage-femme ne s'y trompa pas, seulement il paraît qu'elle ne se douta pas que le bras et la tête n'appartenaient pas au même enfant; mais cela était difficile et ne changeait rien à ce qu'elle avait à faire. En raisonnant d'après les probabilités, elle devait croire qu'il n'en était pas ainsi, car le plus souvent les deux enfants ont une position inverse, c'est-à-dire que la tête de l'un correspond aux pieds de l'autre. C'est ce qui eut lieu dans l'accouchement de Rébecca, et c'est ce que la Bible exprime en disant que Jacob vint au monde tenant Esaü par le talon (1).

Mais nous avons dit que l'accoucheuse avait placé un cordon rouge sur la main qui s'était présentée. Dans quel but attacha-t-elle ce cordon ? Il semble que la réponse à cette question est facile. Au premier coup-d'œil, le texte ne laisse aucun doute à ce sujet; elle attache le ruban et dit : voilà celui qui sortira le premier : *Obstetrix ligavit coccinum dicens : iste egredietur prior.* Il s'agissait donc simplement d'établir l'ordre de la naissance et par conséquent le droit de primogéniture.

(1) *Genèse*, XXVI, 25.

Ce droit était en effet bien reconnu chez les Hébreux; l'histoire de Jacob et d'Esaü en fait foi. Il y avait beaucoup de priviléges accordés aux aînés. Les dignités de chefs, de pontifes leur étaient réservées (1). Les jeunes gens que Moïse choisit pour offrir des victimes étaient tous les fils aînés des principaux Israélites (2). Dans les successions, l'aîné prenait une part double, et il avait une autorité presque paternelle sur les autres enfants (3). Il y avait de plus, dans la famille d'Abraham, une bénédiction particulière qu'on croyait appartenir à l'aîné. Dieu avait promis à Abraham que le Sauveur naîtrait de lui par les descendants d'Isaac, et l'on était persuadé que c'était à l'aîné que cet honneur était réservé. Voilà donc des raisons bien fortes à l'appui de l'interprétation donnée à la manière d'agir de la sage-femme.

Malgré cela, était-il donc nécessaire de se hâter ainsi? Ne pouvait-elle pas attendre que l'enfant fût sorti pour le marquer. Cette précipitation l'exposait à se tromper, et c'est en effet ce qui arriva.

Un accoucheur pourrait donner une autre explication de cette ligature, et la voici : quand un bras se présente dans un accouchement, ou bien, comme

(1) L'exemple d'Aaron et de Moïse est une exception qui n'empêche pas la règle générale. *Genèse*, 27, 49, 3.

(2) *Exode*, XXIV, 5.

(3) *Deuteronome*, XXI, 17.

je l'ai dit tout à l'heure, la tête descend avec lui,
ou le fœtus est placé en travers. Dans le premier
cas, l'accouchement est naturel ; dans le second, il
faut pratiquer la version. Mais, dans l'un et l'autre
cas, on doit placer un lac sur le bras qui est sorti.
Dans les présentations céphaliques, on se sert de
ce lac pour tirer sur lui au moment de la douleur
et aider au passage de la tête, rendu plus difficile
par la présence du membre supérieur. Dans les
présentations de l'épaule, ce lac est bien plus nécessaire ; car, après la version, à mesure que le
tronc descend, les bras se relèvent sur les côtés de
la tête. Il faut aller les chercher, les faire sortir
l'un après l'autre, et ce n'est pas la partie la moins
délicate, la moins douloureuse de l'opération. Mais
si on a pu appliquer un lac sur le poignet, il suffit
de tirer sur lui pour faire descendre le bras, et on
a l'avantage de faciliter la sortie du second, d'é-
viter les accidents, car très souvent les os délicats
du fœtus se brisent dans les efforts qu'on fait pour
abaisser l'humérus, d'abréger la durée de l'opération, point important dans cette circonstance, car
le cordon est comprimé entre le corps de l'enfant
et le bassin de la mère, et si les manœuvres se
prolongent, l'enfant meurt asphyxié.

Ainsi, si un cas semblable à celui de Thamar se
présentait, il faudrait faire comme la sage-femme,

appliquer un lac, un ruban sur le poignet. Il conviendrait même que ce ruban fût rouge comme celui dont elle se servit, *coccinum,* pour que le sang qui s'écoule ne paraisse pas sur lui et n'affecte pas la malade et les assistants. C'est une précaution qu'on a, ou plutôt qu'on avait dans l'opération de la saignée, et cet usage mérite d'être conservé.

Telle est l'interprétation qu'on peut donner à la conduite de la sage-femme. J'hésite à attribuer à une époque si éloignée de nous des connaissances qu'on est accoutumé à regarder comme le résultat des travaux et de l'expérience des modernes. Mais la manière de faire est la même. Si les motifs sont différents, on m'accordera qu'il y a dans les faits une singulière coïncidence.

On sait ce qui arriva. L'enfant qui avait présenté le bras ne sortit pas le premier, comme la sage-femme l'avait pensé. Les phénomènes de cette parturition sont parfaitement indiqués; le bras qui avait paru remonte un peu, et le second enfant s'échappe. *Illo vero retrahente manum egressus est alter.* La sage-femme, piquée de s'être trompée, interpelle ce premier-né, et lui dit : *Quare divisa est propter te maceria?* Ce passage a été diversement traduit et interprété. Paguin dit simplement : *cur divisisti?* Vatable ajoute pour paraphrase : *Cur*

*membranam qua operiebaris rupisti? Hoc est, cur,
ruptis secundinis, prior egressus es?* et les traduc-
teurs français, suivant le sens du latin, ont dit :
*Quelle ouverture t'es-tu faite (1)? Quelle brèche
as-tu faite (2)? Pourquoi as-tu divisé ainsi la cloi-
son qui vous séparait (3)?* Toutes ces interpréta-
tions sont vagues ou fausses. La sage-femme ne
peut pas dire à l'enfant : Pourquoi as-tu rompu la
poche des eaux ? puisque le bras de son frère était
déjà sorti, il fallait bien que la poche fût rompue.
Et le contre-sens est bien plus frappant encore,
quand Corneille Lapierre ajoute qu'il est reconnu
en anatomie que les jumeaux du même sexe n'ont
qu'une seule enveloppe. Cette opinion qu'on trouve
en effet dans Fernel, dans Roderic a Castro, est une
erreur que les progrès de l'anatomie ont dissipée. Les
sexes n'ont aucun rapport avec le sac amniotique,
et ce que ces auteurs regardaient comme la règle
est devenu l'exception ; c'est-à-dire que quelquefois on trouve deux enfants renfermés dans les
mêmes membranes, mais que le plus souvent, dans
les grossesses doubles, chaque fœtus a son placenta
et sa poche des eaux. C'est ce que savait la sage-
femme de Thamar, et pour cela elle n'avait pas
besoin de ces connaissances anatomiques qui ne

(1) *Bible de Cologne.*
(2) *Bible de Basle.*
(3) Sacy. — *Carrières.*

sont ni de son sexe ni de son temps ; il lui suffisait d'avoir pratiqué, d'avoir vu d'autres accouchements doubles, ce qui ne devait pas être rare ; car quelques rabbins, pour expliquer la multiplication prodigieuse des Juifs, sont allés jusqu'à dire que les femmes faisaient ordinairement trois ou quatre enfants (1). Elle avait pu remarquer aisément alors, qu'après la sortie des eaux et du premier enfant, une nouvelle poche se rompait et donnait issue à de nouvelles eaux. C'est ce que l'hébreu exprime fort bien en disant : *Quare rupisti super te rupturam ?* expression que ne rend pas du tout la Vulgate, en traduisant : *Quare divisa est propter te maceria ?* Cette répétition, ce rapprochement de *rupisti* et de *rupturam* sont, selon moi, très clairs. L'accoucheuse dit à l'enfant : pourquoi as-tu rompu, quand il y avait déjà une rupture ? Pourquoi as-tu ajouté une rupture à une rupture ? Pourquoi as-tu rompu les membranes pour sortir le premier, quand ton frère avait déjà déchiré les siennes ? et elle ajoute : pour cette raison tu t'appelleras Pharès ; expression qui entraîne l'idée de division, de déchirement, et que nous retrouvons dans ce sens dans la fameuse inscription du festin de Balthazar : *Manès, tessel, pharès* : ton empire sera sac-

(1) Et quelquefois même sept suivant Aben-Ezra. — *Histoire universelle*, traduite de l'anglais,, tom. II, pag. 186.

cagé et divisé ; expression, enfin, qui n'aurait plus de sens, si la sage-femme avait cru, comme les commentateurs, que les deux enfants étaient renfermés dans les mêmes membranes, puisqu'elles étaient rompues déjà par le bras qui s'était présenté.

Son frère vint ensuite, portant au poignet le cordon rouge qui y avait été attaché, il fut nommé Zara. Pharès fut, comme on sait, un des ancêtres du Christ, et c'est pour cela, disent les commentateurs, que Moïse entre dans des détails aussi minutieux sur sa naissance.

Telles sont les réflexions, trop longues sans doute, que j'avais à vous soumettre sur l'accouchement de Thamar. Malgré ce que je viens de vous dire, malgré les connaissances-pratiques que je vous ai fait remarquer dans la description que la Bible nous en donne, ne croyez pas que, par un travers trop commun dans les travaux de ce genre, j'aille prodiguer mon admiration aux anciens pour me dispenser de rendre justice aux modernes. Non, Messieurs, la science de Levret et de Baudelocque a laissé bien loin d'elle celle de Phua et de Séphora. Ce n'est pas sous la tente du nomade que l'homme du XIXe siècle peut trouver quelque chose à envier ou à apprendre. Sans doute, nous avons dû être étonné de rencontrer quelques notions raisonnées sur un art difficile, à une époque si rapprochée du berceau du genre humain; mais notre étonnement même est un hommage rendu à la supériorité de notre temps; c'est un témoignage de notre foi à la marche incessante de l'humanité et à l'inexorable loi du progrès.

www.ingramcontent.com/pod-product-compliance
Ingram Content Group UK Ltd.
Pitfield, Milton Keynes, MK11 3LW, UK
UKHW022246070726
13613UKWH00005B/2144